Ye

1919

LES AVANTAGES

DE

LA GUERRE,

O D E.

Le Prix est de douze sols.

A PARIS,

Chez GUILLYN, Libraire, Quay des Augustins,
au Lys d'Or.

M. DCC. XLIV.

Y+

EPITRE
AUX POËTES
MODERNES.

 E l'obfcure retraite, où dans un doux loifir,
Satisfait, fans fortune, & content, fans plaifir,
Efclave des beaux Arts, mon unique reffource,
Je vois mes jours fereins précipiter leur courfe;
Ma Mufe jufqu'à vous, Eléves d'Apollon,
Ofe fe faire entendre, & parler en mon nom.
Puis-je en effet me taire, & tandis que la France
Retentit de vos Chants croupir dans le filence?
Je cours rifque, peut-être, en célébrant LOUIS,

A

De flétrir les Lauriers, que fa main a cueillis:
Mais lorfqu'on a pour Maître un Roy fi magnanime,
L'audace eft un devoir, & le filence un crime.
Tout Poëte en naiffant a droit fur les Héros.
Le grand nom d'Alexandre & fes fameux travaux
Ont-ils pû s'avilir dans les mains de Chérile,
Ni rien perdre aux efforts de fa verve ftérile ?
C'eft à nous ici bas d'orner les grands Exploits;
L'Encens eft pour les Dieux, & les Vers pour les Rois.
 Déja depuis long-tems affis à la Barriere
J'ai vû de tous côtés courir dans la Carriere
Tout le Pinde, à l'envi dans ce jour glorieux
S'anime pour chanter un Roy victorieux.
Que ce Concert eft beau ! Pourquoi charmant Voltaire, *
N'entends-je pas ta voix, eft-ce à toi de te taire ?
Quel prodige nouveau ! Grands Dieux, qui le croiroit?
Augufte eft fur le Trône, & Virgile eft muet.
Efprit riche & fécond, qu'à peine on vit éclore,
Et qui fus un foleil prefque dans ton aurore;
On t'ouvre le chemin que tu devois tracer.
Qui peut donc t'arrêter? Toi qu'on a vû paffer
Dans les brillans fuccès de ta fertile veine,

* M. de Voltaire n'avoit rien donné lors de l'impreffion de cette Epître.

Du chant de l'Epopée aux éclats de la Scene,
Et qui feul parmi nous n'as pu dans tes travaux
Trouver que d'envieux, & jamais de Rivaux.
Confacrée aux Bourbons dès l'âge le plus tendre,
Ta voix pour les louer, s'eft long-temps faite entendre.
Mais aux fiécles futurs, que dira l'Univers,
Lorfqu'un jour il verra que Voltaire en fes Vers
Célébrant de nos Rois la valeur mémorable,
A tout dit du plus grand, & rien du plus aimable?
Remonte fur ce Trône, où tes Vers enchanteurs
Couvroient le Grand Henry de lauriers & de fleurs:
Que crains-tu? la fatyre & l'envie étouffées
Expireront bien-tôt au pied de tes trophées.

O rigueur du deftin! ne pourrons-nous jamais
Unir dans nos travaux, la gloire avec la paix?
Pareils à ces enfans, que vomiffoit la terre,
Ennemis en naiffant, nous nous faifons la guerre.
Infenfés, quelle erreur, quel charme nous féduit?
Ce Rival, ce Héros, que notre orgueil pourfuit,
Eft homme comme nous, enfant du même Pere;
Et fi-tôt qu'il triomphe, il n'eft plus notre frere.

De tout homme fameux tel eft le trifte fort:

On le hait tant qu'il régne, & l'on pleure fa mort ;
Et ce tribut d'honneurs qu'on auroit dû lui rendre,
Souftrait pendant la vie, on l'accorde à fa cendre :
Ainfi que ce Héros, le Pere des Romains,
Qui mourut fous leurs coups, déchiré par leurs mains ;
Une fois que l'envie eût fatisfait fa rage,
Placé fur les Autels, il reçut leur hommage,
Et de Chef du Sénat élevé dans les Cieux,
Par fes propres Bourreaux fut mis au nombre des Dieux.

Cette envie ici bas fi cruelle & fi noire,
Suit toujours en hurlant, les fentiers de la gloire.
L'art de rimer fur-tout ne fert qu'à l'irriter :
Trifte fort ; mais heüreux qui peut le mériter.
Heureux, qui comme vous, aimable & jeune Comte *
Poffede ce talent, & l'exerce fans honte.
Vous dont l'efprit charmant, encore dans fon printems,
Séme de fleurs fes Vers, ainfi que fes inftans :
Philofophe par goût, cœur fenfible & fincere,
Ennemi de tout art, hors de celui de plaire,
Et dans qui la Nature, au berceau, réunit
La nobleffe du fang aux graces de l'efprit.

* M. l'Abbé de B. . , Comte de Brioude.

Le Public applaudit à tes naiſſants Ouvrages,
Acheve déſormais de gagner ſes ſuffrages :
Voi la Religion, prête à te couronner,
Attendre le Chef-d'œuvre, où ta main ſçut l'orner.
Qu'un autre, dans ſes Vers, plus ſçavant que Poëte,
A ſes Dogmes ſacrés ait ſervi d'interprete ;
Un ſi noble travail a dû ſe partager ;
Il ne l'a que prouvée, & tu dois la venger ★ ★.
Hâte ce doux moment, & par cette victoire
Tu rends la Poëſie à ſa premiere gloire.
Helas ! cet Art divin, cher Abbé, tu le ſçais,
N'a vû que trop ſouvent dégrader ſes attraits.
Né dabord pour Dieu ſeul, dans un ſiécle profane
Du Vice & de l'Erreur il fut depuis l'organe ;
Et par ce triſte abus, ſans perdre de ſon prix,
De ſacré qu'il étoit, tomba dans le mépris.

C'eſt ainſi que l'Oiſeau, qui porte le Tonnere,
Craint de tous les Humains, reſpecté ſur la terre,
Lorſque de Jupiter Miniſtre impétueux,
Il ſoutient dans les airs ſes Foudres & ſes Feux ;

★ ★ M. Racine a fait un Poëme ſur la Religion, & M. de B... a pris pour ſujet du ſien, l'Irreligion.

S'avilit à nos yeux, devenu méprisable,
Lorsque Tyran de l'Air, dans sa rage effroyable,
Par sa voracité déchu de son haut rang,
On le voit s'enyvrer de carnage & de sang.

Quelle gloire pour toi, que ton art sur tes traces
Recouvre en même tems sa Nobleſſe & ses graces?
Vangé par ton travail, tes sublimes Ecrits
Vont faire en t'illuſtrant, rougir ses Ennemis.
Que ne feras-tu pas aidé dans ton ouvrage
Des conseils éclairés du Neſtor de notre âge *
A qui le Dieu des Arts accorda le talent
D'être, tout à la fois, agréable & sçavant :
Fécond, sans s'épuiser, riche de ce qu'il donne,
Il brille sous le poids de plus d'une couronne,
Et jusqu'en son déclin, toujours cher aux neuf Sœurs,
Dans l'hyver de ses ans porte encore des Fleurs.
O! qu'heureux eſt l'Etat, qu'heureuse eſt la Patrie,
Qui peut ainſi compter plus d'un rare Génie,
Dans un Régne surtout, où tant d'Exploits nouveaux
Viennent, à chaque inſtant, s'offrir à leurs travaux.
Cette gloire, il eſt vrai, de nos jours ſi brillante,

* M. de Fontenelle.

Devient fouvent pour eux une charge accablante.
Peu fçavent bien louer, & chacun l'entreprend.
L'un trop foible Ecrivain, pour un emploi fi grand,
Dans les traits languiffans d'un Eloge vulgaire,
Ne fait du plus grand Roi qu'un Monarque ordinaire;
Ou pour fe mettre enfin au niveau du Héros
S'égare en l'exaltant & s'épuife en grands mots :
L'autre, non moins outré, pour relever fa gloire,
Des Noms les plus fameux ravale la mémoire,
Et traitant les Céfars de Guerriers impuiffants,
Fait, aux dépens des Morts, l'Eloge des vivans.
Celui-ci plus fenfé, dans l'ardeur qui l'entraîne,
Malgré tous fes efforts, ne fe foutient qu'à peine,
Chante LOUIS vainqueur jufqu'aux rives du Rhin,
Et fuccombant déja fous ce hardi deffein,
Fait, d'une même voix, entendre dans la Ville
Les cris de Mœvius, & les chants de Virgile.

   Que nous ferions heureux, fi le cœur & l'amour
Faifoient, comme la haine, un Poëte en un jour !
Mais qu'importe, après tout, & l'art & la parure :
On pardonne aifément où parle la Nature.
Quel infenfé croiroit pouvoir dans fes tranfports
Aux Vertus de LOUIS égaler fes accords ?

Et s'il eſt vrai, GRAND ROY, qu'autrefois Aléxandre
D'Achille aux Champs de Troye ayant baiſé la cendre,
Pleura de n'avoir point, ainſi que ce Héros,
Un Homere vivant pour chanter ſes travaux ;
Malgré tous ces regrets, ce Vainqueur de l'Aſie
Auroit à tes deſtins porté bien plus d'envie ,
Puiſqu'il t'eſt auſſi beau, Prince, ſans te flater ,
De n'avoir point d'Homere, & de le mériter.

LES

LES AVANTAGES

DE

LA GUERRE,

O D E.

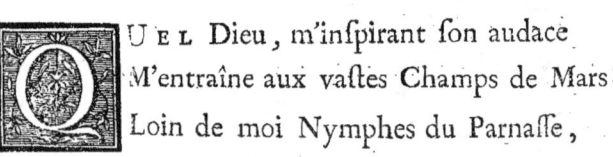U E L Dieu, m'infpirant fon audace
M'entraîne aux vaftes Champs de Mars!
Loin de moi Nymphes du Parnaffe,
Fuyez fes fanglans étendars,
Bellone elle-même m'éclaire,
Et fous fes Loix ma main préfere
La Trompette au Luth d'Apollon ;
Ses triomphes à votre gloire
Et les Palmes de la victoire
Aux Lauriers du docte vallon.

Quoi ! verrai-je la Terre entiere
Se plaignant toujours des combats ,
Taxer de fureur meurtriere
L'ardeur d'affronter le trépas ?
Faudra-t-il donc que l'ignorance
Sans cesse insulte à la vaillance ,
Et que d'imbécilles Mortels
Jugeant tout au gré du caprice ,
Traitent la guerre d'injustice ,
Et ses Héros de Criminels ?

٭☉٭

Tel est de nos fausses Maximes
Le funeste & coupable abus.
L'erreur souvent pour ses victimes
Choisit les plus grandes vertus.
Mais , quoique lente à nous instruire ,
La vérité sçait se produire ,
Juges ingrats , ouvrez les yeux ;
Voyons s'il est vrai que la Guerre
Ne soit qu'un fleau de la Terre ,
Instrument du couroux des Dieux.

٭☉٭

Si perçant les sombres ténebres
Des Fastes de l'Antiquité ,

J'allois des Nations célébres
Rappeller le tems si vanté ;
Peut-être à cette seule vûe
La raison même convaincuë
Placeroit au rang des grands Rois
Ceux , dont notre vertu rigide
Blâmant le courage intrépide ,
Ose ainsi flétrir les Exploits.

Ce n'est pas qu'ici je consacre
Ma voix à louer un Vainqueur ,
Qui dans la flame & le massacre
Met tout son lustre & son honneur ;
Qui fait son Dieu de la victoire,
Et jaloux d'une folle gloire ,
Dans ses triomphes criminels,
Cherche en s'enyvrant de carnage ,
Moins à signaler son courage ,
Qu'à verser le sang des Mortels.

Je hais ces ames tyranniques ,
Ces Rois, qui fiers de leurs projets ,
N'arrosent leurs Palmes iniques
Que du plus beau sang des Sujets.

Je foule aux pieds l'indigne cendre
D'un Pyrrhus & d'un Alexandre,
Qui moins fages, que Conquerans,
Rois d'un Peuple en proie aux miféres,
Au lieu de s'en rendre les Peres,
S'en déclarérent les Tyrans.

✻⊙✻

Mais ce qu'une audace intraitable
Rendit en eux digne d'horreur,
Peut dans un Monarque équitable,
Servir de luftre à fa grandeur :
S'il fçait par un rare mélange,
Aux Exploits du Vainqueur du Gange,
Allier l'amour des Vertus ;
Juftement loué dans l'Hiftoire,
Son nom effacera la gloire
Des Antonins & des Titus.

✻⊙✻

Que Rome exalte la Juftice
Du pacifique Octavius,
Qu'il ait par fon Régne propice
Fermé les Portes de Janus :
S'il n'avoit rendu par la Guerre
Rome Maîtreffe de la Terre,

Que deviendroient tous ces honneurs ?
Et fans fa valeur magnanime.
Auroit-il le titre fublime
Du plus grand de fes Empereurs ?

Prince, quand le Ciel vous éleve
Au deffus des autres humains,
Il veut que l'olive & le glaive
Brillent tour à tour dans vos mains.
Le Dieu qui commande à la Terre
Sçait s'annoncer par le tonnerre ;
Formez votre cœur fur le fien.
Il faut quelquefois qu'un Roy tonne,
La Paix eft l'ornement du Trône
Et la Guerre en eft le foutien.

Quel eft le Peuple de ce monde,
Digne d'être encore admiré,
Qui toujours dans la Paix profonde
Par elle fe foit illuftré ?
Cette Nation favorite,
Par le Seigneur même conduite,
Fut un Peuple victorieux,
Et dans les plaines Idumées,

Pour elle de Roy des Armées
Dieu prit le titre glorieux.

Loin des barrieres de son onde
Comme on voit un Fleuve emporté,
Dans les Campagnes qu'il inonde,
Répandre la fertilité;
Tel est un Héros intrépide:
Sa valeur, que l'équité guide,
Au Peuple qu'elle s'est acquis,
Ne donne que l'amour pour chaîne,
Et son cœur n'éprouve de peine
Que celle de l'avoir conquis.

Heureux le Peuple sans allarmes,
Qui vit dans le sein du repos;
Plus heureux, lorsque propre aux armes,
Il a pour Monarque un Héros.
FRANCE, l'éclat qui t'environne
Embelliroit-il ta Couronne,
Si tes LOUIS & tes HENRIS,
Avides d'une juste gloire,
N'eussent été de la victoire
Les plus célébres favoris?

Mais vous., qui faites de la Guerre
Un monſtre fatal aux humains,
Venez en face de la Terre,
Voir confondre tous vos deſſeins;
Voyez de quel air intrépide
L O U I S fond, comme un autre Alcide,
Sur ſes Ennemis renverſés :
Regardez avec quelle audace
Sa main les brave & les terraſſe,
Venez; voyez & rougiſſés ?

✻✻

Où ſont ces malheurs, ces allarmes
Qu'entraîne l'horreur des combats ?
Nous goutons les ſuccès des armes,
Sans en reſſentir le fracas.
Ah! qu'ailleurs la Guerre funeſte
Mérite que l'on la déteſte,
Qu'elle ſoit l'opprobre des Rois ?
Pour Toi, Conquerant ſans foibleſſe,
Prince, on connoîtra ta ſageſſe
Au charme qui ſuit tes Exploits.

✻✻

Donne un libre cours à ta gloire :
L O U I S, avec de tels ſuccès,
Le Régne heureux de la victoire

Egale celui de la paix.

Aux Rois que l'Univers contemple,

Tu nâquis pour fervir d'exemple,

C'eft Toi qui dois les enfeigner ;

Et bravant les feux, les tempêtes,

Leur apprendre par tes Conquêtes

L'art de combattre & de régner.

✳❦✳

Déja la difcorde écrafée,

A vû réprimer fon couroux ;

Et dans fon enceinte embrafée

Fribourg fume encore de tes coups;

Mais grand Roy, modére ce zéle,

Après une gloire fi belle

Et des triomphes fi flateurs,

Viens jouir du charme fuprême

De revoir un Peuple qui t'aime,

Et de triompher dans les cœurs.

Lû & approuvé par moi Cenfeur pour la Police. CREBILLON.

Vû l'Approbation , permis d'imprimer. MARVILLE.

A PARIS, chez GUILLYN, Libraire, Quay des Auguftins, au Lys d'Or.

De l'Imprimerie de ROBUSTEL, rue de la Calandre, près le Palais. 1744.

www.ingramcontent.com/pod-product-compliance
Lightning Source LLC
Chambersburg PA
CBHW061535170626
46811CB00004B/1947